U0043047

當代中文課程

A Course in
Contemporary
Chinese

編寫教師・王佩卿、陳慶華、黃桂英
主編・鄧守信

Workbook

Character Workbook
作業本與漢字練習簿

1-3

國立臺灣師範大學國語教學中心 策劃
Mandarin Training Center National Taiwan Normal University

目錄 Contents

我要租房子

I Would Like to Rent a Place

I. Differentiating Tones

Listen to the recording and place the correct tone marks over the pinyin.

🎧 11-01

1. 客廳 ( ) keting	2. 電話 ( ) dianhua	3. 超市 ( ) chaoshi	4. 房間 ( ) fangjian
5. 走路 ( ) zoulu	6. 浴室 ( ) yushi	7. 不過 ( ) buguo	8. 問題 ( ) wenti
9. 回去 ( ) huiqu	10. 熱水器 ( ) reshuiqi		

II. Choose the Correct Pronunciation   🎧 11-02

1. 還：   a / b   2. 想：   a / b

3. 會：   a / b   4. 裝：   a / b

5. 好像：   a / b   6. 左邊：   a / b

7. 已經：   a / b   8. 房租：   a / b

9. 習慣：   a / b   10. 廚房：   a / b

III. Listen and Respond: Does Anyone Want to Go out With Me?

A. Listen to the questions and choose the appropriate replies.

🎧 11-03

(　　) 1. a.我們坐公車去。　b.對不起，我有事。　c.房子很不錯。

(　　) 2. a.房間太小了。　b.我回去想想。　c.你得自己付錢。

(　　) 3. a.沒關係啊！　b.好，我在家。　c.我沒有問題。

(　　) 4. a.不好意思，我不想去。　b.走路七分鐘就到了。
　　　　　c.這附近很方便。

(　　) 5. a.我打電話給他。　b.有人不知道。　c.我和小明。

B. Listen to the dialogue and choose the correct answers. 🎧 11-04

(　　) 1. a.這個男的大概要自己去。　b.小姐也想一起去。
　　　　　c.每個人都不喜歡喝茶。

(　　) 2. a.他有一點不開心。　b.他明天會來。　c.他明天有事。

(　　) 3. a.小美不來了。　b.這個小姐打電話給小美。
　　　　　c.這個先生常常要等小美。

C. Listen to the dialogue and decide which statement is true. Place a ○ if the statement is true or an ✕ if the statement is false. 🎧 11-05

(　　) 1. 這兩個人現在都在家。

(　　) 2. 這個先生今天晚上要跟同學吃飯。

(　　) 3. 這個小姐想去看電影。

(　　) 4. 他們明天都有空。

IV. Reading Comprehension

A. Below are four rental ads. Three people are looking for a place to rent. Look at the ads and help them find suitable places to live.

(A)
> 新大樓，近捷運站、商店，有廚房、
> 客廳，有網路、有線電視。
> NT$25,000
> 李太太：02-3343-1980

(B)
> 套房，近學校，新家具，房間大，
> 有廚房、有線電視。
> NT$10,000
> 王先生：06-571-1467

(C)
> 新大樓，新套房，近捷運站、火車
> 站，沒有廚房，有網路。
> NT$10,000
> 林小姐：0988-739-321

(D)
> 舊大樓，近學校、超市、公車站，
> 有網路，沒有廚房。
> NT$5,000
> 黃太太：0932-786-134

(   ) 李先生：有錢的大老闆，太太喜歡做飯，也喜歡請朋友來家裡吃飯。

(   ) 黃小姐：一個人住，常旅行，喜歡坐車方便的地方，喜歡看電視。

(   ) 林大明：大學生，沒有錢，喜歡上網。

B. 大美 Damei and 小明 Xiaoming's first date.

Read the dialogue and complete the exercise that follows.

大美：不好意思，你等多久了？

小明：五分鐘。妳怎麼來？

大美：(A) 坐公車，你呢？

小明：(B) 走路。

大美：你已經買票了嗎？

小明：(C) 還沒。看電影的時候，妳要坐前面還是後面？

大美：我喜歡坐後面。你看，(D) 開始賣票了，(E) 走吧！

小明：我請妳看電影，好不好？

大美：要是 (F) 幫我付錢，我就不看 (G) 了。

1. Which of the following statements is correct? Place a ◯ if the statement is true or an ✕ if the statement is false.

(   ) **(1)** 小明等大美等五分鐘了。

(   ) **(2)** 小明和大美都走路來這裡。

(   ) **(3)** 小明還沒買票。

(   ) **(4)** 大美看電影的時候喜歡坐後面。

(   ) **(5)** 看這個電影，大美想要自己付錢。

2. There are many omissions in the dialogue. Please find the omitted parts for (A)(B)(C)....

我	你	我們	電影	賣票的人
(A)				

V. Fill in the Blanks ////

A. 田中 Tianzhong and 如玉 Ruyu are talking about their lives in Taiwan. Fill in the blanks with the words provided below to complete the dialogue.

| 裝　　付　　客廳　　浴室　　超市　　走路　　已經　　不過　　好像 |

如玉：田中，歡迎歡迎，請進。明華呢？

田中：他得去銀行，等一下就來。妳家_____真漂亮！月美呢？

如玉：她去_____買東西，_____去一個鐘頭了。她真的很喜歡逛
　　　超市。

田中：妳買電視了啊？

如玉：對啊，上個星期買的。我還想_____有線電視，就可以看很多
　　　中文影片。

田中：妳真喜歡學中文。妳來臺灣半年了，習慣了嗎？

如玉：差不多都習慣了。臺灣比美國方便，去銀行、超市、捷運站，都
　　　很近，_____十分鐘就到了。你呢？

田中：我也差不多都習慣了，_____，有一個小問題，我不太習慣這
　　　裡吃的東西。

如玉：對了，我現在也有一個小問題，我家的熱水器_____有問題，
　　　可以幫我看看嗎？

田中：沒問題。

B. Insert the character to the left of each sentence into the appropriate blank.

(   )   1. 會：明天我　**a.**　去超市，你　**b.**　要我幫你　**c.**　買東西嗎？

(   )   2. 有：　**a.**　剛剛　**b.**　一個男的在浴室裡面　**c.**　唱歌，不知道是誰。

(   )   3. 就：那家茶館不太遠，坐公車　**a.**　去　**b.**　十分鐘　**c.**　到了。

(   )   4. 再：這個芒果真甜，我　**a.**　想　**b.**　吃一塊　**c.**　！

(   )   5. 都：　**a.**　這家店　**b.**　賣的衣服　**c.**　很便宜，我們去看看吧！

(   )   6. 也：他已經回去了，　**a.**　我們等一下　**b.**　會　**c.**　回去。

(   )   7. 還：有人要喝咖啡嗎？　**a.**　我　**b.**　有　**c.**　一杯。

(   )   8. 跟：我想租房子，　**a.**　你可以　**b.**　我　**c.**　一起去找找嗎？

VI.   Rearrange the Characters Below to Make Good Sentences

1. 去接你　學生　嗎　有　後天

　　_____？

2. 就　兩個鐘頭　到　了　坐高鐵　去那裡

　　_____。

3. 會　我　去參觀　故宮　跟　我女朋友　一起　下個月

　　_____。

4. 租房子　要是　你想　還　我家　兩間　有　空房間

　　_____。

VII. Write Out in Chinese Characters \\\\

Write out the sentences below in Chinese characters.

1. Zǒulù shí fēnzhōng jiù dào le.

    _____ 。

2. Yǒu yí ge xiǎojiě zài kètīng lǐ.

    _____ 。

3. Fángdōng zuótiān shōudào nǐ de fángzū le.

    _____ 。

4. Nǐ tóngxué shuō huíqù zài dǎ diànhuà gěi nǐ.

    _____ 。

5. Zuǒbiān shì wǒ de fángjiān, yòubiān shì Lín Xiānshēng de.

    _____ 。

VIII. Composition

A. 月美 **Yuemei has a problem which she would like to have some advice. Read the paragraph below and write a complete paragraph with suggestions on how to resolve her problem.**

　　我現在租的房子是一間套房，有一點貴，可是很不錯，浴室和廚房都是新的，房子能上網，也有有線電視。附近很方便，捷運站走路五分鐘就到了。不過，我最近有一個問題。有一天，我下課回家的時候，覺得好像有人在廚房。所以我走到廚房去，看到我的房東在做飯。我問他：「你為什麼來我家？」他說：「這是我的房子，為什麼我不可以來？我想做飯給妳吃啊！」他也說：「我的飯做得很好，妳一定會喜歡的！」

　　我很喜歡這個房子，可是我真不喜歡我的房東。要是你是我，你會怎麼做？請給我一個建議吧！

_____

_____

_____

_____

_____

B. Write a short essay based on your housing situation.

1. 租房子的人：請介紹一下你現在租的房子。(For the ones who are renting: Talk about your current apartment.)

> **Tip**
>
> 裡面有什麼？外面怎麼樣？貴不貴？你喜歡嗎？為什麼？

2. 沒租房子的人：要是你想租房子，你想租什麼樣的房子？(For the ones who are not renting: If you were to rent, what kind of place would you like to rent?)

> ✂
>
> ### Tip
>
> 裡面要有什麼？外面要怎麼樣？你喜歡貴的還是便宜的房子？為什麼？

_____

_____

_____

_____

_____

_____

_____

_____

_____

_____

_____

漢字練習簿 ┃ 體例說明

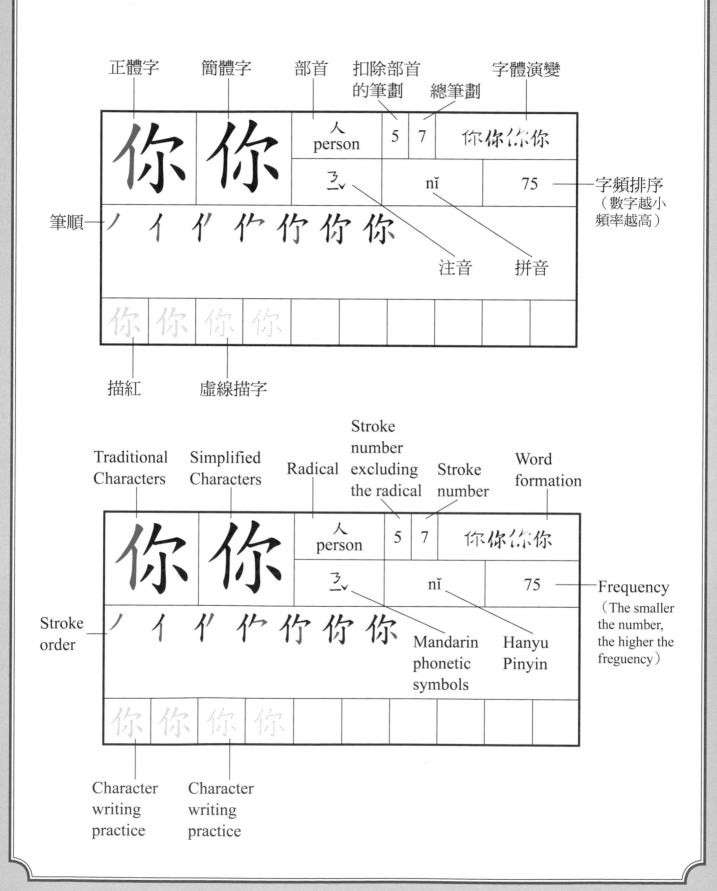

租 租		禾 grain	5	10	租租**租租**租
		ㄗㄨ		zū	1619

一 二 千 禾 禾 禾 利 和 和 租 租

租	租	租	租				

廚 厨		广 shelter	12	15	廚廚**廚廚**廚
		ㄔㄨ		chú	1666

、 亠 广 广 庐 庐 庐 庐 庐 庐

庐 廚 廚 廚 廚

廚	廚	廚	廚				

左 左		工 work	2	5	左左左**左**左左
		ㄗㄨㄛ		zuǒ	884

一 ナ 左 左 左

左	左	左	左				

15

右 右		口 mouth	2	5	司 司 右 右 右 右
		ㄡˋ		yòu		894

一 ナ ナ 右 右

右	右	右	右						

浴 浴		水 water	7	10	澗 浴 浴 浴 浴
		ㄩˋ		yù		1915

丶 丶 氵 氵 氵 氵 浴 浴 浴 浴

浴	浴	浴	浴						

超 超		走 walk	5	12	超 超 超 超 超
		ㄔㄠ		chāo		640

一 十 土 キ キ 走 走 起 起 起

超 超

超	超	超	超						

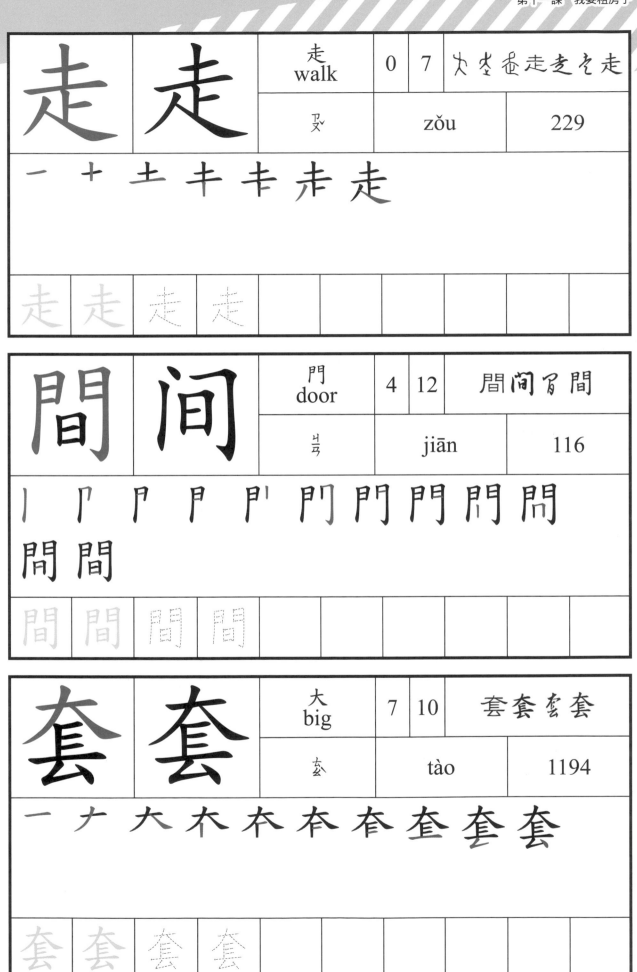

走 走		走 walk	0	7	大 大 乖 走 走 走 走
		ㄗㄡ		zǒu	229

一 十 土 キ キ 赱 走

| 走 | 走 | 走 | 走 | | | | | | |

間 间		門 door	4	12	間 间 間 間
		ㄐㄧㄢ		jiān	116

｜ ｜ 厂 尸 尸 尸 門 門 門 門 門

間 間

| 間 | 間 | 間 | 間 | | | | | | |

套 套		大 big	7	10	套 套 套 套
		ㄊㄠ		tào	1194

一 ナ 大 木 本 本 奄 套 套 套

| 套 | 套 | 套 | 套 | | | | | | |

話话		言 speech	6	13	訁話話话話
		ㄏㄨ丶		huà	217

` 亠 三 言 言 言 訁 訁 訝

訝 話 話

話	話	話	話						

林林		木 tree	4	8	林林林林林
		ㄌㄧㄣ丶		lín	342

一 十 才 才 木 村 材 林

林	林	林	林						

喂喂		口 mouth	9	12	喂喂喂喂
		ㄨㄟ丶		wéi	2222

丶 口 口 口 叩 叩 喟 喟 喂 喂

喂 喂

喂	喂	喂	喂						

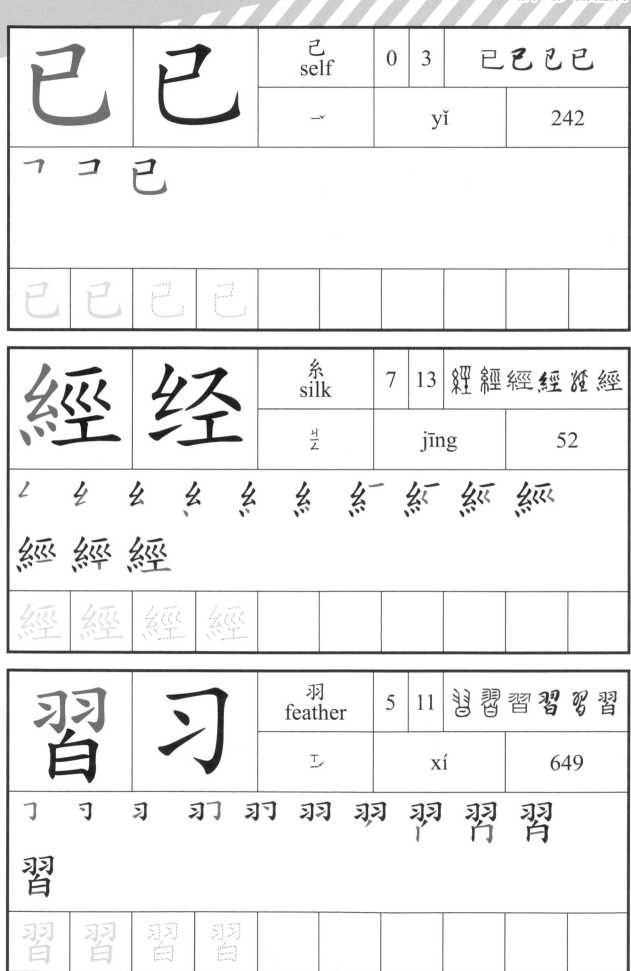

已	已	己 self	0	3	已己巳已
		一		yǐ	242

ㄱ コ 已

| 已 | 已 | 已 | 已 | | | | | | |

經	经	糸 silk	7	13	經經經經經經
		ㄐㄧ		jīng	52

ㄥ ㄣ ㄣ ㄠ 糸 糸 紅 紀 經 經

經 經 經

| 經 | 經 | 經 | 經 | | | | | | |

習	习	羽 feather	5	11	習習習習習習
		ㄒㄧ		xí	649

フ ヲ ヲ ヲ 羽 羽 羽 羽 習 習

習

| 習 | 習 | 習 | 習 | | | | | | |

第十一課

慣慣		心 heart	11	14	慣慣慣慣	
		《ㄨㄢˋ		guàn		1141

丶 丨 忄 忄 忄 忄 忄 忄 慣 慣

慣 慣 慣 慣

慣	慣	慣	慣				

器器		口 mouth	13	16	器器器器器器	
		ㄑㄧˋ		qì		486

丶 丨 冂 冂 吅 吅 吅 哭 哭

哭 哭 器 器 器 器

器	器	器	器				

像像		人 person	12	14	像像像像像	
		ㄒㄧㄤˋ		xiàng		208

丿 亻 亻 亻 亻 伊 伊 伊 俜

像 像 像 像

像	像	像	像				

裝 裝		衣 cloth	7	13	裝裝裝裝裝
		ㄓㄨㄤ		zhuāng	566

ㄥ　ㄐ　ㄐ　ㄐ　ㄐ丨　壯丨　壯　壯　壯　壯

裝　裝　裝

裝	裝	裝	裝						

過 过		辵 stop&go	9	13	過過過過過過
		ㄍㄨㄛ		guò	40

一　冂　冂　冃　咼　咼　咼　咼　咼　過

過　過　過

過	過	過	過						

付 付		人 person	3	5	付付付付付
		ㄈㄨ		fù	1043

ノ　イ　仁　付　付

付	付	付	付						

第十一課

收	收	攵 tap	2	6	攵收收収收
		ㄕㄡ		shōu	263

乚 丩 屮 屮 收

收	收	收	收				

關	关	門 door	11	19	關關關朵關
		ㄍㄨㄢ		guān	180

丨 冂 冖 𠃜 門 門 門 門 門 門
門 閂 閅 閅 閅 關 關 關 關

關	關	關	關				

係	系	人 person	7	9	係係係係係
		ㄒㄧ		xi	661

丿 亻 亻 㐅 伄 伄 伃 係

係	係	係	係				

線 线		糸 silk	9	15	緔線線線線
		ㄒㄧㄢˋ		xiàn	408

ㄥ ㄠ ㄠ ㄠ ㄠ 糸 糸 糹 糹 糹
糹 糹 糹 線 線

線	線	線	線						

你計畫在臺灣學多久的中文？

How Long Do You Plan to Study Chinese in Taiwan?

I. Differentiating Tones

Listen to the recording and place the correct tone marks over the pinyin.

🎧 12-01

1. 計畫 (　　　　　　) jihua	2. 需要 (　　　　　　) xuyao	3. 加油 (　　　　　　) jiayou	4. 時間 (　　　　　　) shijian
5. 以後 (　　　　　　) yihou	6. 國家 (　　　　　　) guojia	7. 去年 (　　　　　　) qunian	8. 公司 (　　　　　　) gongsi
9. 語言 (　　　　　　) yuyan	10. 獎學金 (　　　　　　) jiangxuejin		

II. Choose the Correct Pronunciation 🎧 12-02

1. 難： a / b　　　　2. 久： a / b

3. 替： a / b　　　　4. 念： a / b

5. 大學： a / b　　　6. 工作： a / b

7. 希望： a / b　　　8. 學費： a / b

9. 生意： a / b　　　10. 上班： a / b

III. Listen and Respond: What Are They Saying?

A. Put their plans in chronological order (a and b). 🎧 12-03

B. Listen to the dialogue and decide which statement is true. Place a ◯ if the statement is true or an ✕ if the statement is false. 🎧 12-04

(   )   **1.** 他昨天來臺北。

(   )   **2.** 我先坐捷運再走路到學校。

(   )   **3.** 我可能來臺灣學中文。

(   )   **4.** 我朋友給我一杯咖啡。

C. **Listen to the dialogue and choose the correct answers.** 🎧 12-05

(　　) 1. a. 他決定學兩年的中文。

b. 他已經學兩年的中文。

c. 他打算學兩年的中文。

(　　) 2. a. 他先吃東西再去上課。

b. 他先吃東西再看書。

c. 他先看書再吃東西。

(　　) 3. a. 月美先坐捷運再走路來學校。

b. 安同家在學校附近。

c. 安同坐公車來學校。

(　　) 4. a. 女的今天下課以後不去逛夜市。

b. 女的每天都去逛夜市。

c. 男的今天晚上有事。

(　　) 5. a. 女的不會做菜。

b. 男的媽媽很會做菜。

c. 女的做的菜好吃可是難看。

IV.　Create Dialogue Pairs ＼＼＼＼

Match the sentences in the column on the left with the appropriate sentences from the column on the right.

(　　) 1. 你計畫學多久的中文？　　(A) 先坐捷運再走路來。

(　　) 2. 你的學費是自己付的嗎？　(B) 沒關係，加油！

(　　) 3. 你最近為什麼很累？　　　(C) 兩年半。

(　　) 4. 你怎麼來學校？ 　　(D) 不是，是公司付的。

(　　) 5. 你什麼時候找工作？ 　　(E) 因為我又要上班又要念書。

(　　) 6. 中文難學嗎？ 　　(F) 不難找。

(　　) 7. 我的成績不太好！ 　　(G) 我覺得好學。

(　　) 8. 你覺得說中文的工作好找嗎？ 　　(H) 回國以後再找。

V. Reading Comprehension

Here is some advice I gave to my American friend. Answer the questions that follow based on the advice.

> 　　我的美國朋友想在臺灣找工作，可是她不會說中文。她知道要是她會說中文，工作就比較好找，所以計畫先在語言中心學一年，再找工作。
>
> 　　她沒有錢，學費是她爸爸替她付的。她希望一年以後，中文可以說得不錯。我覺得她應該學兩年，可是她說這樣得花很多錢。

1. 她想在臺灣做什麼？

　　_____ 。

2. 她有什麼計畫？

　　_____ 。

3. 為什麼她有這個計畫？

　　_____ 。

4. 學費是她自己付的嗎？

_____。

5. 我覺得她應該怎麼樣？

_____。

VI. Insert Words into a Sentence \\\\

Insert 是⋯的 into the appropriate places in the sentences.

1. 他昨天晚上跟朋友去逛夜市。

2. 我在學校附近的書店買書。

3. 你怎麼知道明天不上課？

4. 學費你自己付嗎？

5. 我不是在宿舍看書，在圖書館看。

VII. Rearrange the Characters Below to Make Good Sentences \\\\

1. 學費給 媽媽 是 的 我

_____。

2. 先 語言中心 我 一年半 念 的 在 中文

_____。

3. 我 是 那家 工作 不 的 公司 在

　　_____。

4. 每天 很累 以後 下課 覺得 都 我

　　_____。

5. 中文 我 的 打算 有 工作 說 機會 找。

　　_____。

VIII.　Write Out in Chinese Characters

Write out the sentences below in Chinese characters.

1. Nǐ jìhuà zài Táiwān xué duōjiǔ de Zhōngwén?

　　_____?

2. Wǒ yǒu jiǎngxuéjīn, chéngjī bù hǎo, jiù méi le.

　　_____。

3. Wǒ de xuéfèi shì gōngsī tì wǒ fù de.

　　_____。

4. Lǎobǎn xīwàng wǒmen dōu huì shuō Zhōngwén.

　　_____。

5. Hǎo gōngzuò hěn nán zhǎo, búguò, wǒ shìshìkàn.

　　_____。

LESSON · *12* ·

你計畫在臺灣學多久的中文？
How Long Do You Plan to Study Chinese in Taiwan?

IX. Complete the Dialogue \\\\

1. A：你回國以後，計畫做什麼？（先…再…）

    B：＿＿＿＿＿＿＿＿＿＿＿＿＿＿＿＿＿＿＿＿＿＿＿＿＿＿＿＿＿＿＿。

2. A：＿＿＿＿＿＿＿＿＿＿＿＿＿＿＿＿＿＿＿＿＿＿＿＿＿＿＿＿＿＿？

    B：我是昨天去他家吃晚飯的。

3. A：＿＿＿＿＿＿＿＿＿＿＿＿＿＿＿＿＿＿＿＿＿＿＿＿＿＿＿＿＿？

    B：我覺得中文不難學。

4. A：你想先看書嗎？

    B：＿＿＿＿＿＿＿＿＿＿＿＿＿＿＿＿＿＿＿＿＿＿＿＿＿＿＿＿＿＿＿。

5. A：每天下課以後，你都會去運動嗎？

    B：＿＿＿＿＿＿＿＿＿＿＿＿＿＿＿＿＿＿＿＿＿＿＿＿＿＿＿＿＿＿＿。

第十二課

X. Composition \\\\

A. **Write about your experiences in a new country.**

   E.g. 我覺得臺灣的水果很好吃，可是臭豆腐很難吃。

1. 好／難吃：＿＿＿＿＿＿＿＿＿＿＿＿＿＿＿＿＿＿＿＿＿＿＿＿＿＿＿

2. 好／難看：＿＿＿＿＿＿＿＿＿＿＿＿＿＿＿＿＿＿＿＿＿＿＿＿＿＿＿

3. 好 / 難聽：_____

4. 好 / 難喝：_____

5. 好 / 難學：_____

6. 好 / 難寫：_____

7. 好 / 難做：_____

8. 好 / 難找：_____

B. Use the words you have learned and the syntax taught in this lesson to write about your Chinese study plans (approximately 100 words).

Tip

學多久？在哪裡學？怎麼學？學了中文以後的計畫？

我學中文的計畫：_____

_____

_____

_____

_____

_____

_____

_____

| 畫 | 画 | 田 field | 7 | 12 | 畫 畫 畫 畫 畫 |
| | | ㄏ | | | huà | 228 |

ㄱ ㄱ ㄱ ㄱ 聿 聿 書 書 書 書

書 書

| 畫 | 畫 | 畫 | 畫 | | | | | | |

| 年 | 年 | 干 shield | 3 | 6 | 年 年 年 年 年 年 |
| | | ㄋㄧㄢ | | | nián | 35 |

ノ ノ ヒ 乍 牟 年

| 年 | 年 | 年 | 年 | | | | | | |

| 念 | 念 | 心 heart | 4 | 8 | 念 念 念 念 念 念 |
| | | ㄋㄧㄢ | | | niàn | 379 |

ノ ノ 人 今 今 念 念 念

| 念 | 念 | 念 | 念 | | | | | | |

| 需需 | 雨 rain | 6 | 14 | 需需需需寫需 |
| | ㄒㄩ | | xū | 541 |

一 厂 厂 厂 而 而 雨 雨 雨 雨 雪
雪 雪 需 需

| 需 | 需 | 需 | 需 | | | | | |

| 獎奖 | 犬 dog | 11 | 15 | 獎獎獎獎獎 |
| | ㄐㄧㄤ | | jiǎng | 684 |

丬 丬 丬 爿 爿 爿 爿 爿 爿 將
將 將 獎 獎 獎

| 獎 | 獎 | 獎 | 獎 | | | | | |

| 金金 | 金 metal | 0 | 8 | 金金金金金 |
| | ㄐㄧㄣ | | jīn | 183 |

丿 人 入 仐 全 全 金 金

| 金 | 金 | 金 | 金 | | | | | |

成 成			戈 spear	2	6	𢦏 𢦏 㦎 成 成 ⺌ 成
			ㄔㄥˊ		chéng		29

一 厂 厂 成 成 成

成	成	成	成			

績 绩			糸 silk	11	17	纜 績 績 绩 績
			ㄐㄧ		jī		1011

ㄥ ㄥ ㄠ ㄠ ㄠ 糸 紅 紅 結 結
結 結 績 績 績 績 績

績	績	績	績			

費 费			貝 shell	5	12	費 費 費 费 費
			ㄈㄟˋ		fèi		401

ㄱ ㄱ 弓 弗 弗 弗 弗 曹 曹
費 費

費	費	費	費			

35

司 司			口 mouth	2	5	司 司 司 司 司 司 司
			ㄙ		sī	300

丁 ㄋ 司 司 司

司	司	司	司								

替 替			日 speak	8	12	習 習 替 替 替 習 替
			ㄊ		tì	1173

一 二 丰 夫 夫 夫 扶 扶 扶 替

替 替

替	替	替	替								

希 希			巾 napkin	4	7	希 希 希 希
			ㄒ		xī	526

ノ メ ㄨ 乄 乑 希 希

希	希	希	希								

望	月 moon	7	11	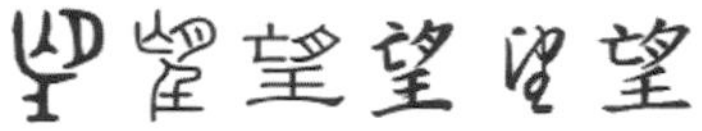	
	ㄨㄤˋ	wàng		254	

班	玉 jade	6	10		
	ㄅㄢ	bān		1894	

累	糸 silk	5	11		
	ㄌㄟˋ	lèi		1277	

第十二課

語语		言 speech	7	14	語語語語語
		ㄩ˅		yǔ	378

、　亠　亠　言　言　言　言　訂　訂　語

語語語語

語	語	語	語				

言言		言 speech	0	7	言言言言言
		ㄧㄢ˙		yán	429

、　亠　言　言　言　言　言

言	言	言	言				

加加		力 strength	3	5	加加加加加
		ㄐㄧㄚ		jiā	138

フ　力　加　加　加

加	加	加	加				

油 油		水 water	5	8	油油油油油油
		ㄧㄡˊ		yóu		553

、 ⼂ 氵 汁 汩 油 油

油 油 油 油

工 工		工 work	0	3	工工工工工工
		ㄍㄨㄥ		gōng		103

一 丅 工

工 工 工 工

作 作		人 person	5	7	作作作作作
		ㄗㄨㄛˋ		zuò		58

ノ イ 亻 什 作 作 作

作 作 作 作

試 试	言 speech	6	13	試 試 試 試 試
	ㄕˋ		shì	642

`丶  亠  亖  亖  言  言  言  訁  訁  訁`

`訂  試  試`

試	試	試	試			

難 难	隹 a bird	11	19	難 難 難 難 難 難
	ㄋㄢˊ		nán	280

`一  十  廿  廿  苎  苩  苩  莒  莒  萛`

`萛  萛  蒫  蒫  蒫  蕠  蕠  蕣  難`

難	難	難	難			

LESSON 13 生日快樂

Happy Birthday

I. Differentiating Tones

Listen to the recording and place the correct tone marks over the pinyin.

🎧 13-01

1. 當然 (　　　　) dangran	2. 麵線 (　　　　) mianxian	3. 交換 (　　　　) jiaohuan	4. 熱心 (　　　) rexin
5. 門口 (　　　　) menkou	6. 記得 (　　　　) jide	7. 年輕 (　　　　) nianqing	8. 快樂 (　　　) kuaile
9. 好久不見 (　　　　) haojiu bujian	10. 心想事成 (　　　　) xinxiang shicheng		

II. Choose the Correct Pronunciation 🎧 13-02

1. 過 ： a / b 2. 訂 ： a / b

3. 對 ： a / b 4. 祝 ： a / b

5. 語言 ： a / b 6. 豬腳 ： a / b

7. 如意 ： a / b 8. 生日 ： a / b

9. 餐廳 ： a / b 10. 傳統 ： a / b

第十三課

III. Listen and Respond: What Are They Saying on the Phone?

A. Listen to the phone dialogue. Place a ○ if the statement is true or an ✕ if the statement is false. 🎧 13-03

(　　　) 1. 明天是小玉的生日。

(　　　) 2. 安同想找小玉吃飯。

(　　　) 3. 安同跟小玉幫小王過生日。

(　　　) 4. 小王要請小玉和安同吃飯。

B. Listen to the phone call from the younger sister about the birthday plans for their mother. Put the pictures in chronological order. (1-4)
🎧 13-04

臺灣菜

(　　　　)　　　　(　　　　)

(　　　　)　　　　(　　　　)

C. Listen to the dialogues and choose the correct statement. 🎧 **13-05**

(　　) 1. a. 他們都剛旅行回來。

　　　　b. 女的計畫去旅行。

　　　　c. 男的很忙，他打算去旅行。

(　　) 2. a. 他們不吃豬腳麵線。

　　　　b. 他生日不吃蛋糕。

　　　　c. 他去餐廳吃飯過生日。

(　　) 3. a. 安同給如玉禮物。

　　　　b. 安同請如玉吃飯。

　　　　c. 他們要吃飯的地方在學校後面。

(　　) 4. a. 現在臺灣人過生日大部分吃蛋糕。

　　　　b. 臺灣人過生日一定要吃豬腳麵線。

　　　　c. 臺灣人過生日，都吃豬腳麵線。

(　　) 5. a. 男的已經吃晚飯了。

　　　　b. 他們都沒吃晚飯。

　　　　c. 女的不舒服，可是吃了。

IV. Create Dialogue Pairs ◤◤◤

Match the sentences in the column on the left with the appropriate sentences from the column on the right.

(　　) 1. 喂，田中嗎？　　　　　　(A) 不必客氣。

(　　) 2. 好久不見，最近忙什麼？　(B) 你要多聽、多說啊！

(　　) 3. 謝謝你這麼熱心幫我。　　(C) 太累了，沒寫。

（　　）4. 今天你的成績怎麼樣？　　　　（D）是，我就是。

（　　）5. 我的中文不好！　　　　　　　（E）跟昨天的成績一樣。

（　　）6. 你昨天寫功課了嗎？　　　　　（F）哪裡都有。

（　　）7. 什麼地方有好吃的東西？　　　（G）我在學西班牙文。

（　　）8. 我最近沒錢了！　　　　　　　（H）少買東西啊。

V. Reading Comprehension

Read the dialogue between 月美 Yuemei and 明華 Minghua about the birthday celebration. Mark the statements that follow with a ◯ if they are true or with an ✕ if they are false.

> 月美：真開心，明天是我的生日！
>
> 明華：真的！我的生日跟妳一樣。
>
> 月美：太好了！我同學要請我吃飯，我們一起去吧。
>
> 明華：我請妳，因為妳常教我說越南話。
>
> 月美：你太客氣了！
>
> 明華：我帶你們去一家有名的餐廳吃。
>
> 月美：是臺灣菜嗎？
>
> 明華：是，我請你們吃傳統的臺灣菜。
>
> 月美：聽說，你們生日會吃豬腳麵線。
>
> 明華：是啊，我爸媽的生日，我們一定一起吃豬腳麵線。

（　　　）　1. 月美的生日跟明華一樣。

（　　　）　2. 月美請明華吃飯。

（　　　）　3. 月美常教明華說越南話。

（　　　）　4. 他們要去一家有名的越南餐廳吃。

（　　　）　5. 他們要吃傳統的臺灣菜。

VI.　Insert Words into a Sentence　\\\\\

A.　Insert the characters found in the ( ) on the left into the appropriate place(s) in the sentences on the right.

1.　（一…就）　　　　　　　　　我哥哥放假去日本旅行。

2.　（什麼時候）　　　　　　　　妹妹都在上網。

3.　（了，沒）　　　　　　　　　我中午吃很多東西，所以晚上吃。

4.　（了，了，了）　　　　　　　我已經寫功課，現在可以出去玩。

5.　（了，多，少）　　　　　　　我沒錢，應該在家吃飯，買東西。

B. Insert the character(s) to the left of each sentence into the appropriate place within the sentence.

(   ) 1. 剛： <u> a. </u> 我 <u> b. </u> 從學校回來， <u> c. </u> 很累。

(   ) 2. 左右：昨天我 <u> a. </u> 下午 <u> b. </u> 三點 <u> c. </u> 在學校門口等她。

(   ) 3. 了：我今天早上買 <u> a. </u> 一個蛋糕 <u> b. </u> ，可是還沒吃 <u> c. </u> 。

(   ) 4. 什麼：我不舒服， <u> a. </u> 東西 <u> b. </u> 都不想吃 <u> c. </u> 。

(   ) 5. 就：每天一下課， <u> a. </u> 我 <u> b. </u> 跟他去 <u> c. </u> 吃東西。

VII.   Rearrange the Characters Below to Make Good Sentences \\\\

1. 他 有名的 常 吃飯 餐廳 去 這家

   _____ 。

2. 我 什麼 吃 都 菜 喜歡

   _____ 。

3. 不 有的 人 喜歡 傳統 東西 年輕 的

   _____ 。

4. 你 語言 的 忘了 怎麼 交換 事

   _____ ！

5. 去 你 西班牙 會 嗎 學 文

   _____ ？

VIII.　Write Out in Chinese Characters　\\\\\

Write out the sentences below in Chinese characters.

1.　Hǎojiǔ bújiàn, zuìjìn máng shénme?

　　_____？

2.　Wǒ gāng lǚxíng huílái, yǒu yìdiǎn lèi.

　　_____。

3.　Xièxie nǐ jìde wǒ de shēngrì.

　　_____。

4.　Yǔyán jiāohuàn de shíhòu, nǐ nàme rèxīn jiāo wǒ.

　　_____。

5.　Wǔdiǎn zuǒyòu, wǒ zài xuéxiào ménkǒu děng nǐ.

　　_____。

第十三課

IX.　Complete the Dialogue　\\\\\

Use the grammatical structure within the ( ) to complete the dialogue.

1.　**A**：昨天下課以後，你到哪裡去了？

　　B：_____。（一…就）

2.　**A**：你喜歡去旅行嗎？

　　B：_____。（誰）

3. A：昨天放假，你做了什麼事？

   B：_____。（V＋了）

4. A：最近我的成績不太好！

   B：_____。（多＋VO）

5. A：你的生日也是八月二號？

   B：_____。（跟…一樣）

X. Composition (approximately 100 characters)

幫朋友過生日 (Celebrating a friend's birthday)

你的好朋友生日到了，你打算怎麼幫他過生日呢？

請寫寫看。(A good friend's birthday is coming up. Please talk about how you plan to celebrate it.)

_____

_____

_____

_____

_____

_____

第
十
三
課

樂	乐	木 tree	11	15	ꙮ ꙮ 樂 樂 樂 乐 樂			
		ㄌㄜˋ		lè		179		
´	⺁	⺁	白	白	伯	绐	绐	绐	绐
绐	绐	樂	樂	樂					
樂	樂	樂	樂						

忘	忘	心 heart	3	7	ꙮ ꙮ 忘 忘 ꙮ 忘			
		ㄨㄤˋ		wàng		843		
´	亠	亡	亡	忘	忘	忘			
忘	忘	忘	忘						

記	记	言 speech	3	10	記 記 記 記 記			
		ㄐㄧˋ		jì		285		
´	亠	亠	言	言	言	言	記	記	記
記	記	記	記						

當	当	田 field	8	13	當當當當當
		ㄉㄤ		dāng	96

一 丨 丬 ⺌ ⺌ 尚 尚 尚 常 常

常 常 當

當	當	當	當						

然	然	火 fire	8	12	然然然然然然
		ㄖㄢ		rán	36

丿 ク タ 夕 夕 外 然 然 然 然

然 然

然	然	然	然						

交	交	亠 a cover	4	6	交交交交交交
		ㄐㄧㄠ		jiāo	299

丶 亠 六 六 亣 交

交	交	交	交						

第十三課

換 換		手 hand	9	12	換換換換換
		ㄏㄨㄢ		huàn		769

一 扌 扌 扌 扩 护 护 护 挧 挧
換 換

換	換	換	換					

牙 牙		牙 tooth	0	4	牙牙牙牙牙牙
		ㄧㄚ		yá		762

一 二 牙 牙

牙	牙	牙	牙					

門 门		門 door	0	8	門門門門門門門門
		ㄇㄣ		mén		205

丨 冂 冂 冂 冂 冂 門 門 門

門	門	門	門					

口	口	口 mouth	0	3	
		ㄎㄡˇ	kǒu		198

口	口	口	口						

必	必	心 heart	1	5	
		ㄅㄧˋ	bì		286

必	必	必	必						

禮	礼	示 spirit	13	17	
		ㄌㄧˇ	lǐ		71

禮	禮	禮	禮						

訂 訂		言 speech	2	9	訂訂訂訂訂
		ㄉㄧㄥ		dìng		1091

丶 亠 亠 言 言 言 言 言 訂

訂	訂	訂	訂				

豬 豬		豕 pig	8	15	豬豬豬豬豬
		ㄓㄨ		zhū		1387

一 丆 了 豸 豸 豸 豸 豸 豺 豺
豺 豺 豬 豬 豬

豬	豬	豬	豬				

腳 腳		肉 meat	9	13	腳腳腳腳腳
		ㄐㄧㄠ		jiǎo		579

丿 刀 月 月 月 肝 肝 肝 胪 胪
胯 胯 腳

腳	腳	腳	腳				

蛋蛋	虫 insect	5	11	蛋蛋蛋蛋
	ㄉㄢˋ		dàn	1187

一 丆 丆 丆 疋 疋 疋 吞 吞 番 蛋

蛋

蛋	蛋	蛋	蛋						

傳传	人 person	11	13	傳傳傳傳傳傳
	ㄔㄨㄢˊ		chuán	279

ノ 亻 亻 彳 彳 仴 仴 傌 傌 傌

傌 傳 傳

傳	傳	傳	傳						

統统	糸 silk	5	11	統統統統統
	ㄊㄨㄥˇ		tǒng	233

ㄥ ㄥ ㄥ ㄥ 幺 幺 糸 約 紶 紗

統

統	統	統	統						

輕	轻	車 car	7	14	輕輕輕輕輕
		ㄑㄧㄥ		qīng	358

一 厂 厅 币 百 亘 車 車 軒 輕

輕 輕 輕 輕

| 輕 | 輕 | 車經 | 車經 | | | | | | |

糕	糕	米 rice	10	16	糕糕糕糕
		ㄍㄠ		gāo	1978

丶 丶 丷 半 米 米 米 米 米 米

米 糕 糕 糕 糕 糕

| 糕 | 糕 | 糕 | 糕 | | | | | | |

祝	祝	示 spirit	5	9	祝祝祝祝祝
		ㄓㄨ		zhù	1426

丶 ブ ネ ネ 礻 礽 祁 祁 祝

| 祝 | 祝 | 祝 | 祝 | | | | | | |

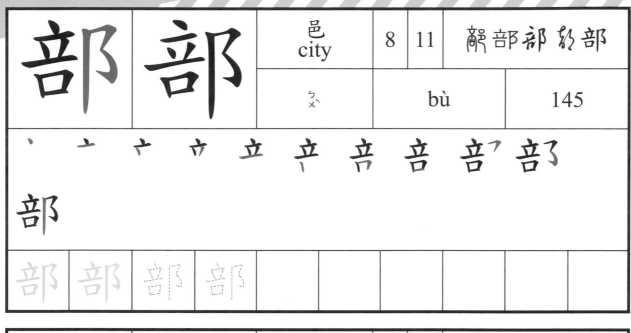

部 部		邑 city	8	11	酹 部 部 部 部
		ㄅㄨ		bù		145

丶 亠 立 立 立 产 音 音 音 部 部
部

部	部	部	部						

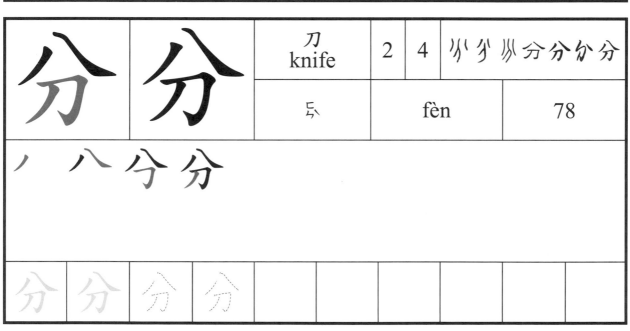

分 分		刀 knife	2	4	八 八 八 分 分 分 分
		ㄈㄣ		fèn		78

ノ 八 分 分

分	分	分	分						

LESSON 14

天氣這麼冷！

It's So Cold!

I. Differentiating Tones

Listen to the recording and place the correct tone marks over the pinyin.

🎧 14-01

1. 颱風 (　　　　) taifeng	2. 父母 (　　　　) fumu	3. 小心 (　　　　) xiaoxin	4. 討厭 (　　　　) taoyan
5. 夏天 (　　　　) xiatian	6. 紐約 (　　　　) Niuyue	7. 天氣 (　　　　) tianqi	8. 可怕 (　　　　) kepa
9. 滑雪 (　　　　) huaxue	10. 紅葉 (　　　　) hongye		

II. Choose the Correct Pronunciation 🎧 14-02

1. 停：　　a / b

2. 冷：　　a / b

3. 怕：　　a / b

4. 雨：　　a / b

5. 秋天：　　a / b

6. 上次：　　a / b

7. 新年：　　a / b

8. 慢走：　　a / b

9. 新聞：　　a / b

10. 謝謝：　　a / b

III. Listen and Respond

A. Listen to the statements and choose the correct answer. 🎧 14-03

(   )   1. a. 半年   b. 半個月

(   )   2. a. 日本   b. 臺北

(   )   3. a. 上次   b. 這次

(   )   4. a. 還沒有   b. 已經來了

(   )   5. a. 喜歡   b. 不喜歡

B. What does she like to do in the spring, summer, fall, and winter? Write appropriate answers in each box. 🎧 14-04

這個時候	春天	夏天	秋天	冬天
在哪裡				
做什麼				

C. Listen to the paragraph. Place a ◯ if the statement is true or an ✕ if the statement is false. 🎧 14-05

(   )   1. 電視新聞說颱風快要來了。

(   )   2. 今年的颱風,風大雨也大。

(   )   3. 今年和去年的這個時候,都有颱風。

(   )   4. 這兩年的颱風都一樣,風很大,可是沒什麼雨。

IV. Create Dialogue Pairs \\\\\

Match the sentences in the column on the left with the appropriate sentences from the column on the right.

(   )   **1.** 你在這裡住了多久了？   (A) 還沒有，可是快要回國了。

(   )   **2.** 他在那裡學中文學了多久？   (B) 差不多。

(   )   **3.** 哥哥和弟弟誰足球踢得好？   (C) 臺北沒有紐約那麼冷。

(   )   **4.** 他回國了嗎？   (D) 已經半年多了。

(   )   **5.** 臺北和紐約的冬天，哪裡比較冷？   (E) 我也是，哪裡都濕濕的。

(   )   **6.** 我不喜歡下雨。   (F) 差不多三個月。還說得不好。

(   )   **7.** 快要下雨了！   (G) 是啊！我打算明天就回去。

(   )   **8.** 你想回去看父母嗎？   (H) 一定要帶雨傘。

V. Fill in the Blanks \\\\\

A. Fill in the blanks using the words provided.

> 濕   討厭   更   夏天   快要   傘

昨天去學校上課，我忘了帶＿＿＿＿＿＿。回家的時候，雨下得非常大，所以衣服都＿＿＿＿＿＿了，我真＿＿＿＿＿＿下雨天。聽電視新聞說，颱風＿＿＿＿＿＿來了，今年＿＿＿＿＿＿的颱風會比去年的＿＿＿＿＿＿可怕。

第十四課

61

B. Describe the four seasons.

1. 臺灣每年_____都有颱風。颱風來的時候，做什麼都不方便。哪裡都_____，走路也得多_____，也不能到學校上課。

2. 王小姐每年_____都到日本去看_____，她說那裡的風景最美。

3. 這裡的_____，山上常常下雪，我最喜歡去山上_____。

4. 我姐姐說她最喜歡_____，天氣很好，風景也很_____。

VI. Rearrange the Characters Below to Make Good Sentences

1. 颱風 新聞 來 快要 說 電視 了

   _____。

2. 濕 的 冬天 真討厭 今年 又 天氣 又 冷

   _____。

3. 玩了 臺北 兩個星期 他 在

   _____。

4. 很多人 的 滑雪 冬天 山上 去

   _____。

5. 沒　呢　怎麼　你　帶　傘

_____?

VII.　Write Out in Chinese Characters \\\\

Write out the sentences below in Chinese characters.

1. Jīnnián de táifēng bǐ qùnián de gèng dà, zhēn kěpà.

_____。

2. Tiānqì hǎo, fēngjǐng yě búcuò. Nǐ bǐjiào xǐhuān chūntiān háishì qiūtiān?

_____?

3. Táiwān de dōngtiān bù lěng, dànshì Yùshān hěn gāo, měi nián dōu xiàxuě.

_____。

4. Wǒmen zhǐ fàng yí ge xīngqí de jià, dànshì hěn xiǎng qù kàn hóngyè.

_____。

5. Fēng hàn yǔ dōu hěn dà, nǎlǐ dōu shīshīde, zhēn tǎoyàn.

_____。

VIII.　Complete the Dialogue \\\\

Use the grammatical structure within the ( ) to complete the dialogue.

1. **A**：今天熱還是昨天熱？

   B：今天_____。

   （…沒有…那麼…）

昨天　今天

2. **A**：你學中文學了多久了？

   B：＿＿＿＿＿＿＿＿＿＿＿＿＿＿＿＿＿ 。

   （一月一日到三月十日）

3. **A**：你昨天等了多久？

   B：＿＿＿＿＿＿＿＿＿＿＿＿＿＿＿＿＿ 。

   （早上 7:30 到中午 12:00）

4. **A**：你打算什麼時候回國？

   B：我＿＿＿＿＿＿＿＿＿＿＿＿回國了。

   應該是下個星期吧！

5. **A**：今天的雨下得大不大？

   B：很大，＿＿＿＿＿＿＿＿＿＿＿＿ 。

   （比⋯更⋯）

IX. Composition (100-120 characters)

寫一篇短文。比較臺灣和你的國家的春天、夏天、秋天和冬天的天氣。
(Use the words you have learned and the syntax taught in this lesson to write a short essay comparing the four seasons in your country to those in Taiwan.)

Tip

比，比較，比⋯更⋯，跟⋯一樣，⋯沒有⋯那麼／這麼

冷冷			⼎ ice	5	7	燄冷冷冫冷
			ㄌㄥˇ		lěng	711

` ⼀ ⼀ ⼀ 冫 冫 冷 冷 `

冷	冷	冷	冷			

滑滑			水 water	10	13	㴇滑滑滑滑
			ㄏㄨㄚˊ		huá	1290

` ⼀ ⼀ ⼀ 氵 氵 汨 汨 汨 汨 滑 滑 `
滑 滑 滑

滑	滑	滑	滑			

雪雪			雨 rain	3	11	雪雪雪雪
			ㄒㄩㄝˇ		xuě	902

` ⼀ ⼀ ⼀ ⼀ 雨 雨 雨 雨 雪 雪 雪 `
雪

雪	雪	雪	雪			

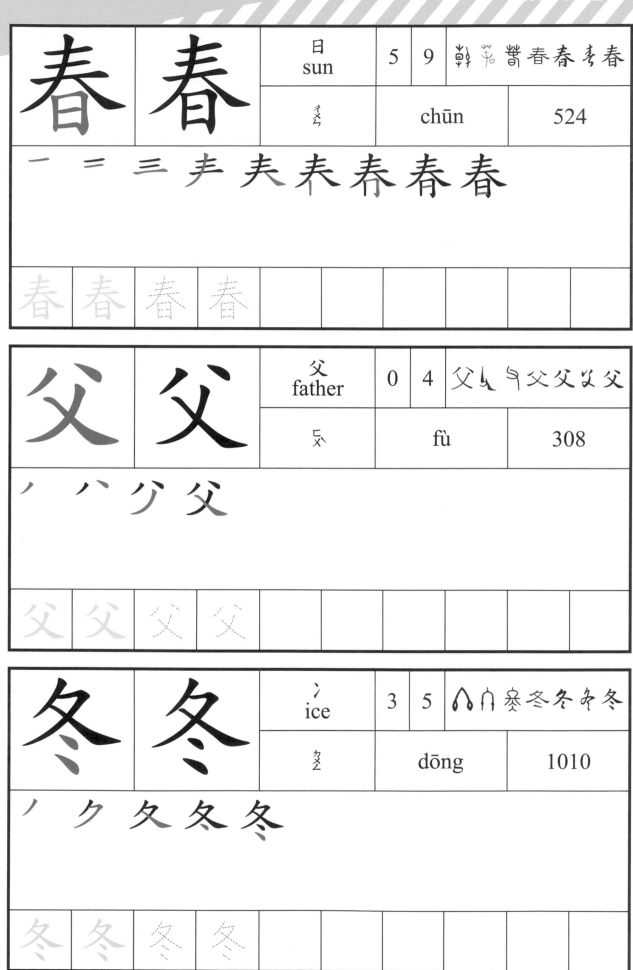

| 春 春 | | 日 sun | 5 | 9 | 朜 旾 瞢 春 春 旾 春 |
| chūn | | ㄔㄨㄣ | | chūn | | 524 |

一　二　三　丰　夫　夬　表　春　春　春

| 春 | 春 | 春 | 春 | | | | | | |

| 父 父 | | 父 father | 0 | 4 | 父 ㄅ 弓 父 父 弖 父 |
| fù | | ㄈㄨ | | fù | | 308 |

ノ　ハ　グ　父

| 父 | 父 | 父 | 父 | | | | | | |

| 冬 冬 | | 冫 ice | 3 | 5 | 瓜 凡 寒 冬 冬 夂 冬 |
| dōng | | ㄉㄨㄥ | | dōng | | 1010 |

ノ　ク　夂　冬　冬

| 冬 | 冬 | 冬 | 冬 | | | | | | |

秋秋		禾 grain	4	9	秋秋秋秋秋
		ㄑ一ㄡ		qiū	903

ノ 二 千 チ 禾 禾 禾 秋 秋

| 秋 | 秋 | 秋 | 秋 | | | | | | |

葉	叶	艸 grass	9	13	葉葉葉葉葉
		一ㄝ		yè	599

丶 十 ++ 艹 芒 苹 苹 苹 莊 莊
莱 莱 葉

| 葉 | 葉 | 葉 | 葉 | | | | | | |

只	只	口 mouth	2	5	只只只只只
		ㄓ		zhǐ	130

丶 口 口 只 只

| 只 | 只 | 只 | 只 | | | | | | |

紐 纽	糸 silk	4	10	糾紐**紐**糾紐
	ㄋㄧㄡˇ		niǔ	1588

ㄥ　ㄥ　ㄥ　ㄥ　ㄠ　ㄠ　糸　糸　紀　紐　紐　紐

| 紐 | 紐 | 紐 | 紐 | | | | |

約 约	糸 silk	3	9	糾約約**约**約
	ㄩㄝ		yuē	525

ㄥ　ㄥ　ㄥ　ㄥ　ㄠ　ㄠ　糸　糸　約　約

| 約 | 約 | 約 | 約 | | | | |

底 底	广 shelter	5	8	庄底底**底**底
	ㄉㄧˇ		dǐ	515

丶　亠　广　广　庐　庐　底　底

| 底 | 底 | 底 | 底 | | | | |

雨	雨	雨 rain	0	8	雨雨雨 る 雨
		ㄩˇ	yǔ		494

一 ㄏ ㄇ 币 而 雨 雨 雨

雨	雨	雨	雨						

傘	傘	人 person	10	12	傘傘傘傘
		ㄙㄢˇ	săn		1992

ノ 人 人 仐 仐 仐 仐 仐 仐 仐

仐 傘

傘	傘	傘	傘						

颱	台	風 wind	5	14	颱颱颱颱
		ㄊㄞˊ	tái		2422

ノ 几 凡 凡 凤 凨 風 風 風 颪

颪 颱 颱 颱

颱	颱	風	颱						

厭 厌		厂 cliff	12	14	厭 厭 厭 厭 厭
		一ㄢˋ		yàn		1777

一 厂 厂 厂 厂 厂 厂 厄 厄 厄
厭 厭 厭 厭

厭	厭	厭	厭				

聞 闻		耳 ear	8	14	聞 聞 聞 聞 聞 聞
		ㄨㄣˊ		wén		751

丨 丨 门 门 门 門 門 門 門 門
閂 閂 聞 聞

聞	聞	聞	聞				

更 更		曰 speak	3	7	更 更 更 更 更 更 更
		ㄍㄥˋ		gèng		353

一 厂 厅 厅 百 更 更

更	更	更	更				

停停	人 person	9	11	悁停停停停
	左乙		tíng	749

ノ イ イ 伫 伫 伫 停 停 停 停
停

停	停	停	停						

我很不舒服

I Don't Feel Well

I. **Differentiating Tones**

Listen to the recording and place the correct tone marks over the pinyin.

🎧 15-01

1. 生病 (　　　　　) shengbing	2. 感冒 (　　　　　) ganmao	3. 健康 (　　　　　) jiankang	4. 發炎 (　　　　　) fayan
5. 保險 (　　　　　) baoxian	6. 喉嚨 (　　　　　) houlong	7. 胃口 (　　　　　) weikou	8. 難看 (　　　　　) nankan
9. 醫生 (　　　　　) yisheng	10. 睡覺 (　　　　　) shuijiao		

II. **Choose the Correct Pronunciation** 🎧 15-02

1. 能：　　a / b　　　　　2. 別：　　a / b

3. 痛：　　a / b　　　　　4. 流：　　a / b

5. 小時：　　a / b　　　　6. 關心：　　a / b

7. 一直：　　a / b　　　　8. 鼻水：　　a / b

9. 休息：　　a / b　　　　10. 早一點：　　a / b

III. Listen and Respond \\\\\

A. Listen to the narrative. Place a ○ if the statement is true or an × if the statement is false. 🎧 15-03

( ) 1. 睡覺以前，安同吃了一包藥。

( ) 2. 安同是在健康中心看的病。

( ) 3. 安同的臉色好多了，今天可以回學校上課。

( ) 4. 安同生病的時候也去上課。

B. Listen to the story and answer the questions below. 🎧 15-04

( ) 1. a. 生意做得不好。　　　b. 不舒服

( ) 2. a. 回家以後　　　　　　b. 在餐廳過生日的時候

( ) 3. a. 我　　　　　　　　　b. 她姐姐

( ) 4. a. 感冒了　　　　　　　b. 拉肚子

( ) 5. a. 多喝水　　　　　　　b. 多吃藥

C. Listen to the narrative about accompanying 月美 Yuemei to the doctor's. Put the number of the correct characters into the appropriate box.

🎧 15-05

a. 頭	b. 肚子	c. 冰的	d. 感冒	e. 辣的
f. 多休息	g. 多喝水	h. 吃東西不小心	i. 吃辣的	j. 喉嚨

問題	她哪裡不舒服	她什麼東西不能吃	醫生說她應該多做什麼	她為什麼會不舒服
答案				

IV. Create Dialogue Pairs

Match the sentences in the column on the left with the appropriate sentences from the column on the right.

(   ) **1.** 你怎麼了？   (A) 謝謝你。好多了。

(   ) **2.** 我的肚子很不舒服。   (B) 沒關係，你可以去學校的健康中心。

(   ) **3.** 你感冒了，現在覺得怎麼樣？   (C) 我沒買什麼東西。

(   ) **4.** 你買了什麼東西？   (D) 好的，謝謝你的關心。

(   ) **5.** 你最好多休息。   (E) 我沒有多少錢。

(   ) **6.** 我沒有健康保險怎麼辦？   (F) 冰的和油的最好都別吃。

(   ) **7.** 你有多少錢？   (G) 爸爸比媽媽高一點。

(   ) **8.** 你父母誰高？   (H) 我的頭有一點痛。

第十五課

V. Comparison

Look at the visuals provided and complete the sentences using 沒有…那麼 **or** 比…一點, …得多, …多了.

1. 我的　　　哥哥的　2000元　20000元	＿＿＿＿＿＿＿＿＿＿＿＿＿。
2. 2009/08/16　車次/Train 460　台北 → 台南　14:00 → 15:50　車廂/car 8　座位/seat 20C　NT $1480元　　96.05.29.Ｅ　臺灣鐵路局　自強　1063　14:00→18:00　台北→台南　7 時 38 分　NT $474元	＿＿＿＿＿＿＿＿＿＿＿＿＿。
3. 左　右	＿＿＿＿＿＿＿＿＿＿＿＿＿。
4. 我　（上課時間）　朋友	＿＿＿＿＿＿＿＿＿＿＿＿＿。

VI. Fill in the Blanks Using the Characters Provided \\\\\\

最好　　頭　　喉嚨　　病　　健康　　舒服　　休息　　睡覺

1. 我感冒的時候，常常＿＿＿＿＿＿痛，＿＿＿＿＿＿發炎。

2. 醫生常說生病的時候要多＿＿＿＿＿＿，早一點＿＿＿＿＿＿。

3. 他因為沒有＿＿＿＿＿＿保險，所以沒有錢看＿＿＿＿＿＿。

4. 肚子不＿＿＿＿＿＿的時候，＿＿＿＿＿＿別吃冰的、油的東西。

VII. Rearrange the Characters Below to Make Good Sentences \\\\\\

1. 人　沒有　保險　很貴　健康　的　看病

　　　　　　　　　　　　　　　　　　　　　　　　　　　　。

2. 他　只　兩個小時　了　的　睡覺

　　　　　　　　　　　　　　　　　　　　　　　　　　　　。

3. 冰的東西　我　老師　跟　說　別　吃

　　　　　　　　　　　　　　　　　　　　　　　　　　　　。

4. 了　了　三天　痛　的　喉嚨　我

　　　　　　　　　　　　　　　　　　　　　　　　　　　　。

5. 感冒　會　你　很快　的　好　就

　　　　　　　　　　　　　　　　　　　　　　　　　　　　。

6. 茶和咖啡　把　誰　都　喝　了

　　　　　　　　　　　　　　　　　　　　　　　　　　　　？

VIII. Write Out in Chinese Characters

Write out the sentences below in Chinese characters.

1. Tā yìzhí liú bíshuǐ, tóu hěn tòng, wèikǒu hěn chā.

   _____ 。

2. Yīshēng shuō tā yǒu yìdiǎn fāshāo, shì gǎnmào, búguò méi yǒu shénme guānxi.

   _____ 。

3. Nǐ zuìhǎo dào yàojú qù ná yào.

   _____ 。

4. Shēngbìng de rén yídìng yào duō hē shuǐ, duō xiūxí, zǎo yìdiǎn shuìjiào.

   _____ 。

5. Jiànkāng zhōngxīn de yīshēng duì xuéshēng hěn kèqì.

   _____ 。

IX. Complete the Dialogue

Use the grammatical structure within the ( ) to complete the dialogue.

1. **A**：你昨天晚上吃了什麼？

   B：＿＿＿＿＿＿＿＿＿＿＿＿＿＿＿＿。（什麼）

2. **A**：你 ＿＿＿＿＿＿＿＿＿＿＿＿＿＿ ？

   B：我有一點不舒服。

3. **A**：我的喉嚨很痛。

   B：你應該＿＿＿＿＿＿＿＿＿＿＿＿＿＿。（多 V）

4. **A**：聽說你上個星期感冒了，現在覺得怎麼樣？

   B：謝謝你，＿＿＿＿＿＿＿＿＿＿＿＿＿。

5. **A**：我昨天肚子不太舒服。

   B：你最好＿＿＿＿＿＿＿＿＿＿＿＿。（少 V）

6. **A**：你覺得今天的豬腳麵線怎麼樣？

   B：我不喜歡吃豬腳，所以我只＿＿＿＿＿＿＿＿＿＿。（把）

7. **A**：你什麼時候給房東打電話？

   B：我 ＿＿＿＿＿＿＿＿＿＿＿＿＿。（V 了…就）

第十五課

X. Complete the Sentence

你打算下次放假要從臺北到高雄去玩，先看看：

坐火車和高鐵去要多少時間和車票多少錢；

再決定你怎麼去；為什麼。

臺北 ➡ 高雄 Kaohsiung

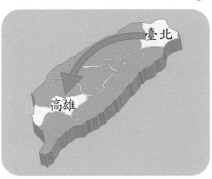

怎麼去	多少時間	票多少錢
	8:00 — 12:50	843 塊錢
	8:00 — 10:00	1630 塊錢

1.　從臺北到高雄要多久？

　　從臺北坐火車到高雄要＿＿＿＿＿＿＿＿＿＿＿＿＿＿＿＿

　　從臺北坐高鐵到高雄要＿＿＿＿＿＿＿＿＿＿＿＿＿＿＿＿

2.　從臺北到高雄要多少錢？

　　從臺北坐火車到高雄要＿＿＿＿＿＿＿＿＿＿＿＿＿＿＿＿

　　從臺北坐高鐵到高雄要＿＿＿＿＿＿＿＿＿＿＿＿＿＿＿＿

3.　我打算坐＿＿＿＿＿＿＿＿＿＿＿＿＿＿＿＿＿＿＿＿＿＿

4.　為什麼？

　　因為＿＿＿＿＿＿＿＿＿＿＿＿＿＿＿＿＿＿＿＿＿＿＿＿

　　＿＿＿＿＿＿＿＿＿＿＿＿＿＿＿＿＿＿＿＿＿＿＿＿＿＿

　　＿＿＿＿＿＿＿＿＿＿＿＿＿＿＿＿＿＿＿＿＿＿＿＿＿＿

第十五課

XI. Composition

寫去看病的短文。(Write a composition with 100-120 characters about your last doctor's visit.)

Tip

什麼時候生病／生什麼病，哪裡不舒服／看病的時候，醫生說什麼？

漢字練習

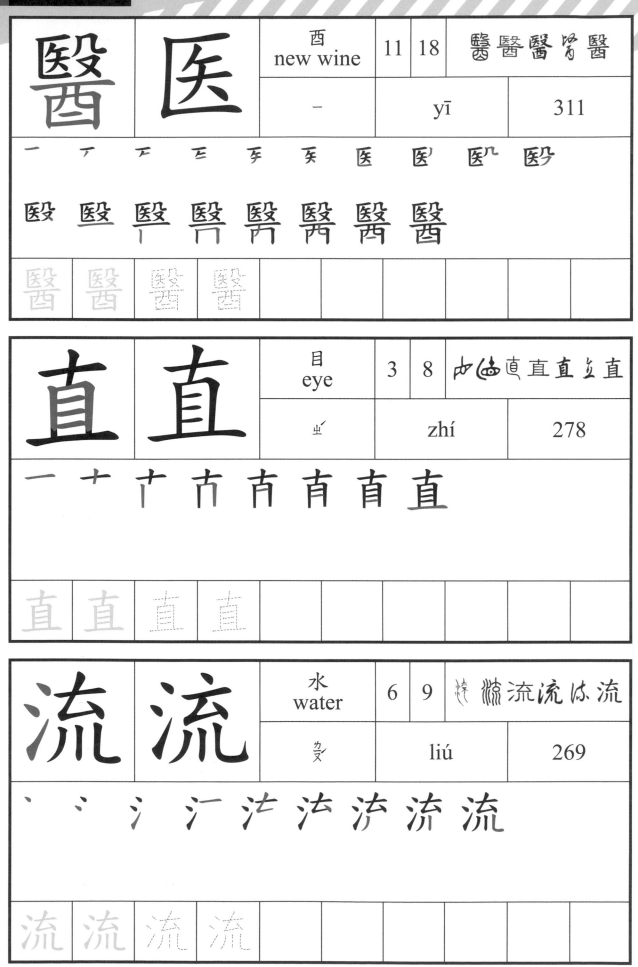

醫	医	酉 new wine	11	18	醫醫醫醫醫
		－		yī	311

一 丆 丆 丆 夭 医 医 医 医

医殳 医殳 医殳 医殳 医殳 医殳 医殳 医殳 醫

| 醫 | 醫 | 醫 | 醫 | | | | |

直	直	目 eye	3	8	直直直直直
		ㄓ		zhí	278

一 十 十 市 古 直 直 直

| 直 | 直 | 直 | 直 | | | | |

流	流	水 water	6	9	流流流流
		ㄌㄧㄡ		liú	269

丶 丶 氵 氵 汁 汁 浐 流 流

| 流 | 流 | 流 | 流 | | | | |

鼻鼻			鼻 nose	0	14	鼻鼻鼻鼻鼻
			ㄅ			bí	1239

′ ′ ′ ′ ′ ′ ′ ′ ′ 白 白 白 鼻 鼻

鼻 鼻 鼻 鼻

| 鼻 | 鼻 | 鼻 | 鼻 | | | | |

痛痛			疒 sick	7	12	痛痛痛痛痛
			ㄊㄨㄥ			tòng	590

′ 一 广 广 疒 疒 疒 疒 病 病

病 痛

| 痛 | 痛 | 痛 | 痛 | | | | |

胃胃			肉 meat	5	9	胃胃胃胃
			ㄨㄟ			wèi	1797

′ 丨 冂 冃 田 田 胃 胃 胃

| 胃 | 胃 | 胃 | 胃 | | | | |

喉 喉	口 mouth	9	12	嗉喉喉哧喉
	ㄏㄡˊ		hóu	2154

丶 丨 ㄇ ㄦ ㄖ ㄖ´ ㄖ ㄖ ㄖ ㄖ

喉 喉

| 喉 | 喉 | 喉 | 喉 | | | | |

嚨 咙	口 mouth	16	19	嚻 嚨 嚨 嚨 口襄 嚨
	ㄌㄨㄥˊ		lóng	2873

丶 丨 ㄇ ㄖ ㄖ ㄖ ㄖ 啦 唷 唷

唷 唷 唷 唷 唷 嚨 嚨 嚨 嚨

| 嚨 | 嚨 | 嚨 | 嚨 | | | | |

發 发	癶 back to back	7	12	癶 發 發 發 發 發
	ㄈㄚ		fā	46

ㄋ ㄋ ㄌ ㄌ 癶 癶 癶 發 發 發

發 發

| 發 | 發 | 發 | 發 | | | | |

炎 炎	火 fire	4	8	灬 灬 炎 炎 炎 炎 炎
	ㄧㄢ		yán	1108

、 ゝ ソ ゾ 兴 兴 芇 岁 炎

| 炎 | 炎 | 炎 | 炎 | | | | | | |

病 病	疒 sick	5	10	病 病 病 病 病
	ㄅㄥ		bìng	221

丶 一 广 广 疒 疒 疒 病 病 病

| 病 | 病 | 病 | 病 | | | | | | |

燒 烧	火 fire	12	16	燒 燒 燒 燒 燒
	ㄕㄠ		shāo	1063

丶 丷 丬 火 炒 灶 炷 焅 焼

焼 焼 焼 烶 烤 燒

| 燒 | 燒 | 燒 | 燒 | | | | | | |

感 感	心 heart	9	13	感感感感感
	ㄍㄢ		gǎn	164

一 厂 厂 厂 厅 后 后 后 咸 咸 咸

咸 感 感

感 感 感 感

冒 冒	冂 borders	7	9	冒冒冒冒冒冒
	ㄇㄠ		mào	1377

丨 冂 冂 曰 冒 冒 冒 冒 冒

冒 冒 冒 冒

藥 药	艸 grass	15	19	藥藥藥藥藥藥
	ㄧㄠ		yào	689

丶 十 艹 艹 艹 艻 苩 苩 苭

菿 菿 菿 蔟 蓔 蕬 蕐 藥 藥

藥 藥 藥 藥

局	局	尸 corpse	4	7	冋局局局局
		ㄐㄩˊ	jú		547

ㄱ ㄱ 尸 尸 局 局 局

局 局 局 局

拿	拿	手 hand	6	10	拿拿拿拿
		ㄋㄚˊ	ná		723

丿 人 亼 亼 合 合 合 拿 拿 拿

拿 拿 拿 拿

把	把	手 hand	4	7	把把把把把
		ㄅㄚˇ	bǎ		220

一 十 扌 扌 扌 扌 把

把 把 把 把

休休	人 person	4	6	休休休休休休
	ㄒㄧㄡ		xiū	815

ノ　イ　イ　什　休

| 休 | 休 | 休 | 休 | | | | | | | |

息息	心 heart	6	10	息息息息息
	ㄒㄧ		xí	649

ノ　亻　台　白　自　自　息　息　息

| 息 | 息 | 息 | 息 | | | | | | | |

睡睡	目 eye	9	14	睡睡睡睡睡
	ㄕㄨㄟ		shuì	842

丨　刀　月　月　目　目　盱　盱　盰　盰
睡　睡　睡　睡

| 睡 | 睡 | 睡 | 睡 | | | | | | | |

覺 覚		見 see	13	20	覺覺覺覺覺
		ㄐㄧㄠ		jiào	243

ㄧ ㄨ ㄨ ㄨ ㄨ 臼 臼 臼 臼 臼

臼 臼 臼 學 學 學 臀 臀 覺 覺

覺	覺	覺	覺				

臉 脸		肉 meat	13	17	臉臉臉臉
		ㄌㄧㄢ		liǎn	704

丿 丿 月 月 月 肸 肸 肸 脸

脸 脸 脸 脸 脸 臉 臉

臉	臉	臉	臉				

肚 肚		肉 meat	3	7	肚肚肚肚
		ㄉㄨ		dù	1550

丿 丿 月 月 月 肚 肚

肚	肚	肚	肚				

吐	吐	口 mouth	3	6	吐吐吐吐吐
		ㄊㄨˋ	tù		1461

丨 ㄇ 口 口一 叶 吐

吐 吐 吐 吐

陪	陪	阜 plenty	8	11	陪陪陪陪陪
		ㄆㄟˊ	péi		1781

ㄱ 了 阝 阝丶 阝亠 阝亠 阝立 阝立 陪 陪 陪

陪 陪 陪 陪

健	健	人 person	9	11	健健健健健
		ㄐㄧㄢˋ	jiàn		587

丿 亻 亻ㄱ 亻ㄱ 亻ㅋ 亻ㅋ 亻聿 亻聿 亻聿 健 健

健 健 健 健

康康	广 shelter	8	11	肃 肃 康 康 康 康
	丂ㄤ		kāng	698

丶 宀 广 庐 庐 庐 庐 庐 庐 康
康

康	康	康	康				

保保	人 person	7	9	仔 仔 保 保 保 保 保
	ㄅㄠ		bǎo	177

丿 亻 亻 仃 们 仴 仴 保 保

保	保	保	保				

險險	阜 plenty	13	16	鹼 險 險 险 險
	ㄒㄧㄢˇ		xiǎn	615

フ 了 阝 阝 阡 阦 阦 阦 阦 险
险 险 险 险 险 險

險	險	險	險				

冰	冰	㇏ ice	4	6	冰 冰 冰 冰 冰 冰
		ㄅㄥ	bīng		930

丶　冫　冫　汁　冰　冰

冰	冰	冰	冰						

生詞索引 **Index by Pinyin**

拼音	正體	簡體	課	拼音	正體	簡體	課	拼音	正體	簡體	課
niǔ	紐	纽	14	shì	室	室	6	wān	灣	湾	1
nǚ	女	女	9	shí	時	时	7	wán	玩	玩	3
P				shǐ	始	始	7	wǎn	晚	晚	3
pà	怕	怕	5	shì	事	事	7	wàn	萬	万	4
pāi	拍	拍	10	shì	視	视	9	wǎn	碗	碗	5
páng	旁	旁	6	shì	市	市	9	wáng	王	王	1
péi	陪	陪	15	shì	試	试	12	wǎng	網	网	3
péng	朋	朋	6	shī	濕	湿	14	wǎng	往	往	10
piàn	片	片	2	shǒu	手	手	4	wàng	望	望	12
pián	便	便	4	shōu	收	收	11	wàng	忘	忘	13
piào	漂	漂	2	shū	書	书	2	wéi	微	微	4
piào	票	票	8	shù	束	束	7	wèi	為	为	4
Q				shū	舒	舒	8	wéi	喂	喂	11
qì	氣	气	1	shuǐ	水	水	10	wèi	胃	胃	15
qǐ	起	起	1	shuì	睡	睡	15	wén	文	文	1
qì	汽	汽	8	shuō	說	说	5	wèn	問	问	1
qí	騎	骑	8	sī	思	思	7	wén	聞	闻	14
qí	期	期	9	sī	司	司	12	wǒ	我	我	1
qì	器	器	11	sù	宿	宿	6	wū	烏	乌	1
qián	錢	钱	4	suàn	算	算	9	wǔ	五	五	2
qiān	千	千	4	suǒ	所	所	5	wǔ	午	午	7
qián	前	前	6	**T**				wù	物	物	8
qǐng	請	请	1	tā	他	他	1	**X**			
qīng	輕	轻	13	tā	她	她	9	xǐ	喜	喜	1
qiú	球	球	3	tái	臺	台	1	xí	習	习	11
qiū	秋	秋	14	tài	太	太	4	xì	係	系	11
qù	去	去	3	tái	颱	台	14	xī	希	希	12
R				tāng	湯	汤	5	xí	息	息	15
rán	然	然	13	tào	套	套	11	xī	西	西	6
rè	熱	热	4	tǎo	討	讨	14	xià	下	下	6
rén	人	人	1	tè	特	特	9	xià	夏	夏	14
rì	日	日	1	tī	踢	踢	3	xiān	先	先	1
ròu	肉	肉	5	tí	題	题	7	xiàn	現	现	6
rú	如	如	3	tì	替	替	12	xiàn	線	线	11
S				tián	田	田	2	xiǎn	險	险	15
sài	賽	赛	7	tiān	天	天	3	xiàng	相	相	2
sǎn	傘	伞	14	tián	甜	甜	5	xiǎng	想	想	3
sè	色	色	10	tiě	鐵	铁	8	xiāng	香	香	10
shān	山	山	6	tīng	聽	听	3	xiàng	像	像	11
shàng	上	上	3	tīng	廳	厅	5	xiǎo	小	小	1
shāng	商	商	6	tíng	停	停	14	xiào	校	校	6
shǎo	少	少	4	tóng	同	同	2	xiào	笑	笑	10
shāo	燒	烧	15	tǒng	統	统	13	xiè	謝	谢	1
shén	什	什	1	tòng	痛	痛	15	xiě	寫	写	7
shè	舍	舍	6	tóu	頭	头	8	xiē	些	些	10
shéi	誰	谁	2	tú	圖	图	6	xīn	新	新	4
shēng	生	生	1	tù	吐	吐	15	xīn	心	心	10
shì	是	是	1	**W**				xìng	姓	姓	1
shī	師	师	2	wài	外	外	4	xíng	行	行	8

拼音	正體	簡體	課
xīng	星	星	9
xiōng	兄	兄	2
xiū	休	休	15
xū	需	需	12
xué	學	学	3
xuě	雪	雪	14
Y			
yá	牙	牙	13
yán	言	言	12
yàn	厭	厌	14
yán	炎	炎	15
yàng	樣	样	3
yào	要	要	1
yào	藥	药	15
yě	也	也	3
yè	夜	夜	9
yè	葉	叶	14
yí	怡	怡	2
yī	一	一	2
yí	宜	宜	4
yǐ	以	以	3
yì	意	意	7
yì	議	议	9
yī	衣	衣	10
yǐ	已	已	11
yī	醫	医	15
yīn	音	音	3
yín	銀	银	7
yīn	因	因	10
yíng	迎	迎	1
yǐng	影	影	3
yīng	應	应	9
yǒng	泳	泳	3
yòng	用	用	4
yǒu	有	有	2
yóu	游	游	3
yǒu	友	友	6
yòu	又	又	8
yòu	右	右	11
yóu	油	油	12
yù	玉	玉	3
yù	浴	浴	11
yǔ	語	语	12
yǔ	雨	雨	14
yuǎn	遠	远	6
yuàn	院	院	8
yuè	月	月	1
yuè	樂	乐	3
yuè	越	越	3

拼音	正體	簡體	課
yuē	約	约	14
yùn	運	运	3
Z			
zài	在	在	6
zài	再	再	7
zài	載	载	8
zǎo	早	早	3
zěn	怎	怎	3
zhàn	站	站	8
zhāng	張	张	2
zhào	照	照	2
zhǎo	找	找	6
zhè	這	这	1
zhēn	真	真	5
zhī	支	支	4
zhī	知	知	5
zhǐ	只	只	14
zhí	直	直	15
zhōng	中	中	2
zhǒng	種	种	4
zhōng	鐘	钟	8
zhōu	週	周	3
zhù	住	住	10
zhū	豬	猪	13
zhù	祝	祝	13
zhuāng	裝	装	11
zi	子	子	2
zì	自	自	5
zì	字	字	7
zi	字	字	2
zǒu	走	走	11
zú	足	足	3
zū	租	租	11
zuì	最	最	5
zuò	坐	坐	2
zuò	做	做	3
zuó	昨	昨	5
zuǒ	左	左	11
zuò	作	作	12

Linking Chinese

當代中文課程　作業本與漢字練習簿 1-3（二版）

策　　劃	國立臺灣師範大學國語教學中心		發 行 人	林載爵
主　　編	鄧守信		社　　長	羅國俊
顧　　問	Claudia Ross、白建華、陳雅芬		總 經 理	陳芝宇
審　　查	姚道中、葉德明、劉　珣		總 編 輯	涂豐恩
編寫教師	王佩卿、陳慶華、黃桂英		副總編輯	陳逸華
出 版 者	聯經出版事業股份有限公司			
英文審查	李　櫻、畢永峨			

執行編輯	張莉萍、張雯雯、張黛琪、蔡如珮		叢書編輯	賴祖兒
英文翻譯	范大龍、張克微、蔣宜臻、龍潔玉		地　　址	新北市汐止區大同路一段 369 號 1 樓
校　　對	張莉萍、張雯雯、張黛琪、蔡如珮、		聯絡電話	(02)8692-5588 轉 5305
	李芃、鄭秀娟		郵政劃撥	帳戶第 0100559-3 號
編輯助理	許雅晴、喬愛淳		郵撥電話	(02)23620308
技術支援	李昆璟		印 刷 者	文聯彩色製版印刷有限公司
插　　畫	何慎修、張榮傑、黃奕穎			2021 年 10 月初版・2023 年 12 月初版第八刷
封面設計	Lady Gugu			版權所有・翻印必究
內文排版	洪伊珊			Printed in Taiwan.
錄　　音	李世揚、馬君珮、Michael Tennant		ISBN	978-957-08-5976-8 (平裝)
錄音後製	純粹錄音後製公司		GPN	1011001471
			定　　價	300 元

著作財產權人　國立臺灣師範大學
地址：臺北市和平東路一段 162 號
電話：886-2-7749-5130
網址：http://mtc.ntnu.edu.tw/
E-mail：mtcbook613@gmail.com

國家圖書館出版品預行編目資料

當代中文課程 作業本與漢字練習簿1-3（二版）/
國立臺灣師範大學國語教學中心策劃 . 鄧守信主編 . 初版 . 新北市 .
聯經 . 2021年10月 . 100面 . 21×28公分（Linking Chiese）
ISBN　978-957-08-5976-8（平裝）
[2023年12月初版第八刷]

1.漢語　2.讀本

802.86　　　　　　　　　　　　　　　　110013287